Yaay-sheen
YEH-HSIEN

retold by Dawn Casey

illustrated by Richard Holland

Somali translation by Adam Jama

Montem Primary School
Hornsey Road
London N7 7QT
Tel: 020 7272 6556
Fax: 020 7272 1838

Mantra Lingua

Waqti hore Koonfurta Shiinaha, sida ku qoran taariikhdii hore, waxaa jiri jirtay gabadh la odhan jiray Yaay-sheen. Xitaa markay yaraydba waxay ahayd xariifad laakiin naxariis leh. Markii ay koraysay waxay ku noolayd murugo badan illaa hooyadeed baa dhimatay markaasaa aabbaheedna raacay. Yaay-sheen waxaa soo korisay aayadeed.

Laakiin aayadeed iyana gabadh ayay lahayd, mana ay jeclayn Yaay-sheen. Cunto ku filan may siin jirin, waxay u xidhi jirtay dhar duug ah oo daldalooshamay. Waxay ku khasbi jirtay Yaay-sheen in ay xaabada ka soo gurto kaynta ugu khatarsan, biyahana ay ka soo dhurto berkadda ugu gunta dheer.
Yaay-sheen waxay lahayd saaxiib keliya…

Long ago in Southern China, so the old scrolls say, there lived a girl named Yeh-hsien. Even as a child she was clever and kind. As she grew up she knew great sorrow, for her mother died, and then her father too. Yeh-hsien was left in the care of her stepmother.

But the stepmother had a daughter of her own, and had no love for Yeh-hsien. She gave her hardly a scrap to eat and dressed her in nothing but tatters and rags. She forced Yeh-hsien to collect firewood from the most dangerous forests and draw water from the deepest pools.
Yeh-hsien had only one friend...

...kalluun yar oo seebab cascas iyo indho dahab ah leh. Haatan isagu wuu yaraa markii ay Yaay-sheen heshay. Laakiin waxay ku nafaqaysay cunto iyo jacayl, markaasuu isla markiiba aad u waynaaday. Markasta oo ay berkaddiisa soo eegtana madaxa ayuu la soo baxaa markaasuu madaxa dhigaa dhinaceeda. Cidina sirteeda ma ogayn. Illaa maalin ayaa aayadeed waydiisay inanteedii, "Xaggay Yaay-sheen la qabataa midhaha bariiska?"

"Maad daba gashid?" gabadheedii ayaa soo jeedisay, "oo aad soo ogaatid."

Markaa, dhir isku cufan ayay dabadooda aayadeed ugu dhuumatay. Markay aragtay Yaay-sheen oo baxday, ayay gacanteedii biyaha gelisay oo dhex marisay. "Kalluun! Oh kalluun!" ayay ku heestay. Laakiin kalluunkii ayaa dhuuntay oo soo bixiwaayay. "Waa wax bakhti ah," aayadeed ayaa u tirisay. "Waan ku helidoonaa…"

...a tiny fish with red fins and golden eyes. At least, he was tiny when Yeh-hsien first found him. But she nourished her fish with food and with love, and soon he grew to an enormous size. Whenever she visited his pond the fish always raised his head out of the water and rested it on the bank beside her. No one knew her secret. Until, one day, the stepmother asked her daughter, "Where does Yeh-hsien go with her grains of rice?"

"Why don't you follow her?" suggested the daughter, "and find out."

So, behind a clump of reeds, the stepmother waited and watched. When she saw Yeh-hsien leave, she thrust her hand into the pool and thrashed it about. "Fish! Oh fish!" she crooned. But the fish stayed safely underwater. "Wretched creature," the stepmother cursed. "I'll get you…"

"Aad baad u shaqaysay!" aayadeed ayaa ku tidhi Yaay-sheen maalintaa gelinkeedii dambe. "Waxaad u qalantaa in dhar cusub lagu siiyo." Markaasay Yaay-sheen ka beddeshay dharkii gaboobay. "Immika orod oo isha biyo ka soo qaad. Waxba ha soo degdegin."

Markii ay Yaay-sheen dhaqaaqdayba aayadeed ayaa intay dharkeedii gaboobay dusha iska saartay ayay berkaddii u carartay. Waxay gacanta hoosteeda ku qarsatay mindi.

"Haven't you worked hard!" the stepmother said to Yeh-hsien later that day. "You deserve a new dress." And she made Yeh-hsien change out of her tattered old clothing. "Now, go and get water from the spring. No need to hurry back."

As soon as Yeh-hsien was gone, the stepmother pulled on the ragged dress, and hurried to the pond. Hidden up her sleeve she carried a knife.

Kalluunkii baa arkay dharkii Yaay-sheen markaasuu markiiba madaxa biyaha kala soo baxay. Markiiba aayadii ayaa mindidii ka taagtay. Jidhkiisii waynaa ayaa biyihii debadda uga soo booday oo berkadda qarkeeda ku soo dhacay. Waa dhintay.

"Macaanaa," aayadii ayaa faantay habeenkii, iyada oo karinaysa oo qaybinaysa jiidhkii. "Wuxuu u macaanaa labanlaab sida kalluunka caadiga ah." Labadoodii oo qudha, aayadeed iyo gabadheedii ayaa cunay kalluunkii dhammaa ee Yaay-sheen saaxiibkeed.

The fish saw Yeh-hsien's dress and in a moment he raised his head out of the water. In the next the stepmother plunged in her dagger. The huge body flapped out of the pond and flopped onto the bank. Dead.

"Delicious," gloated the stepmother, as she cooked and served the flesh that night. "It tastes twice as good as an ordinary fish." And between them, the stepmother and her daughter ate up every last bit of Yeh-hsien's friend.

Maalintii ku xigtay markii Yaay-sheen u yeedhay saaxiibkeed wuu la hadli waayay. Markii labaad ee ay u yeedhay codkeedii wuu isbeddelay oo dheeraaday. Calooshii ayaa xanuuntay. Dibnihiina way qallaleen. Inta ay ruugagga dhigatay ayay Yaay-sheen cawskii kala baadhay, laakiin waxaan quruurux qorraxdu ifinayso ahayn kamay helin. Markaa way garatay in saaxiibkeedii keli ahaa aanu joogin.

Oohin iyo baroor, miskiintii Yaay-sheen ayaa inta ay dhulka ku dhacday ayay madaxa qabsatay. Markaa may arkaynin in nin oday ahi cirka ka soo dabbaalanayay.

The next day, when Yeh-hsien called for her fish there was no answer. When she called again her voice came out strange and high. Her stomach felt tight. Her mouth was dry. On hands and knees Yeh-hsien parted the duckweed, but saw nothing but pebbles glinting in the sun. And she knew that her only friend was gone.

Weeping and wailing, poor Yeh-hsien crumpled to the ground and buried her head in her hands. So she did not notice the old man floating down from the sky.

Neecaw yar ayaa halkaa salaanta ka martay, markaasaa Yaay-sheen oo indhihii casaadeen sare u eegtay. Odaygii ayaa hoos u soo eegay. Timihiisu may feedhnayn dharkiisuna si isku siman uma tolnayn laakiin indhihiisa naxariis ayaa ka muuqatay.

"Ha ooyin," ayuu ku yidhi qunyar. "Aayadaa ayaa dishay kalluunkaagii lafihiina waxay ku aastay digada tuuran. Orod oo soo saar lafaha. Waxaa ku jira sixir wayn. Wax kasta oo aad jeceshahay, way ku siin karaan."

A breath of wind touched her brow, and with reddened eyes Yeh-hsien looked up. The old man looked down. His hair was loose and his clothes were coarse but his eyes were full of compassion.

"Don't cry," he said gently. "Your stepmother killed your fish and hid the bones in the dung heap. Go, fetch the fish bones. They contain powerful magic. Whatever you wish for, they will grant it."

Yaay-sheen ayaa taladii odayga raacday markaasay lafihii kalluunka ku qarisay qolkeeda. Had iyo jeer inta ay soo saarto ayay haysaa. Waxay dareentaa in ay sibibix yihiin oo qabow yihiin oo culus yihiin. Inta badan waxay xasuusan jirtay saaxiibkeed. Laakiin marmar, ayay wax qabsan jirtay.

Immika Yaay-sheen cunto nooc ay rabto way heli kartaa, iyo weliba dhagaxaan macdan ah oo midab cagaaran leh.

Yeh-hsien followed the wise man's advice and hid the fish bones in her room. She would often take them out and hold them. They felt smooth and cool and heavy in her hands. Mostly, she remembered her friend. But sometimes, she made a wish.

Now Yeh-hsien had all the food and clothes she needed, as well as precious jade and moon-pale pearls.

Muddo yar ka dib midhaha balam ayaa soo baxay waxayna sheegeen in gu'gii
soo galay. Waa xilligii Dabbaaldegga Gu'ga, dadka ayaa isu yimaadda si ay u
xasuustaan awawyaashood dhallinyaraduna rag iyo dumar waxay rajeeyaan in
ay ka helaan qof ay is guursadaan.
"Ooh, maxaan jeclaan lahaa in aan tago," Yaay-sheen ayaa neefsatay.

Soon the scent of plum blossom announced the arrival of spring. It was time for the
Spring Festival, where people gathered to honour their ancestors and young women
and men hoped to find husbands and wives.
"Oh, how I would love to go," Yeh-hsien sighed.

"Ma adiga?!" ayay tidhi walaasheed. "Ma tegi kartid!"
"Waa in aad joogtaa oo ilaalisaa beerta," aayadeed ayaa amartay.
Sidaas ayuun baa warku ku dhammaan lahaa. Haddii aanay
Yaay-sheen sidan aadka ah u rabin.

"You?!" said the stepsister. "You can't go!"
"*You* must stay and guard the fruit trees," ordered the stepmother.
So that was that. Or it would have been if Yeh-hsien had not been so determined.

Markii aayadeed iyo walaasheed libdheen, ayaa Yaay-sheen ruugagga dhigatay oo lafihii kalluunka bariday. Wixii ay waydiisatayna markiiba way heshay.

Yaay-sheen waxaa loo xidhay diric xariir ah, koofiyadeedana waxaa laga sameeyay baalasha shimbirta la yidhaahdo kingfisher. Baal walba dhalaalkiisa waa lagu indho daraandarayay. Markay xaggan iyo xaggaa u jeesato ayaa mid waliba wilicleeyaa midabada kala duwan ee buluugga – dunguri, buluuga cirka iyo kan biyaha, markaasaa qorraxdiina qabatay biyihii buluuga ahaa ee berkadda kalluunku ku noolaan jiray ku jiray. Cagaheedana waxaa ku jiray kabo dahab laga sameeyay. Iyada oo sidii laagaha qabada ee dabayshu marba dhinac u seexiso xarrago la liicaysa ayay, Yaay-sheen qunyar baxday.

Once her stepmother and stepsister were out of sight, Yeh-hsien knelt before her fish bones and made her wish. It was granted in an instant.

Yeh-hsien was clothed in a robe of silk, and her cloak was crafted from kingfisher feathers. Each feather was dazzling bright. And as Yeh-hsien moved this way and that, each shimmered through every shade of blue imaginable – indigo, lapis, turquoise, and the sun-sparkled blue of the pond where her fish had lived. On her feet were shoes of gold. Looking as graceful as the willow that sways with the wind, Yeh-hsien slipped away.

Markii ay ku soo dhowaatay madashii dabbaaldegga, Yaay-sheen ayaa dareentay dhulka oo la gariiraya jaantii dadka ciyaaraya. Waxaa durba u uray hilib la shiilayo iyo khamri kala nooc ah. Waxay maqashay muusiqadii, heesihii iyo qosalkii dadka. Dhinac kasta oo ay eegtana dadku waqti wacan ayay qaadanayeen. Yaay-sheen ayaa rayrayn iyo farxadi gashay.

As she approached the festival, Yeh-hsien felt the ground tremble with the rhythm of dancing. She could smell tender meats sizzling and warm spiced wine. She could hear music, singing, laughter. And everywhere she looked people were having a wonderful time. Yeh-hsien beamed with joy.

Dad badan ayaa soo eegay dhinacii quruxlaydan qalaaloodka ah.
"Waa ayo gabadhan yari?" aayadeed ayaa iswaydiisay, intay ku dhaygagtay Yaay-sheen.
"Tani waxay u soo egtahay Yaay-sheen," ayay tidhi walaasheed, iyada oo yaabban.

Many heads turned towards the beautiful stranger.
"Who *is* that girl?" wondered the stepmother, peering at Yeh-hsien.
"She looks a little like Yeh-hsien," said the stepsister, with a puzzled frown.

Yaay-sheen ayaa dareentay in la wada eegayo markaasaay ka
jeesatay, waxay is aragtay iyada oo aayadeed toos u hortaagan.
Wadnaha ayaa istaagi gaadhay qosalkiina waa ka ba'ay.
Yaay-sheen ayaa carartay oo naxdintii kabihii midi ka dhacday.
Laakiin baqdin daraadeed isma ay taagin si ay u qaadato, illaa
gurigii ayay oroday iyada oo kab qudha gashan.

Yeh-hsien felt the force of their stares and turned around, and found herself
face to face with her stepmother. Her heart froze and her smile fell.
Yeh-hsien fled in such a hurry that one of her shoes slipped from her foot.
But she dared not stop to pick it up, and she ran all the way home with
one foot bare.

Markii aayadeed gurigii ku soo noqotay, waxay aragtay Yaay-sheen oo hurudda, iyada oo haysata dhirtii beerta mid ka mid ah. Cabbaar inta ay ku dhaygagtay, ayay qosal yar khuurisay. "Huuh! Sidaan ugu maleeyay in aad noqon karto gabadhii joogtay dabbaldegga? Caqligal ma aha!" Sidaas ayay ku illawday.

Oo markaa maxaa ku dhacay kabtii dahabka ahayd? Waxay ku dhex qarsoon tahay cawska dheer, roobka ayaa maydha, sayaxuna wuu fuulaa.

When the stepmother returned home, she found Yeh-hsien asleep, with her arms around one of the trees in the garden. For some time she stared at her stepdaughter, then she gave a snort of laughter. "Huh! How could I ever have imagined *you* were the woman at the festival? Ridiculous!" So she thought no more about it.

And what had happened to the golden shoe? It lay hidden in the long grass, washed by rain and beaded by dew.

Subaxdii dambe ayaa nin dhallin yaro ahi soo maray meeshii. Dhalaalkii dahabka ayaa ishiisu qabatay. "Waa maxay waxaasi?" wuu yaabay, intuu qaaday kabtii, "…waa wax wacan." Ninkii ayaa kabtii u qaaday gasiirad kale, waa Tow'haan, oo u geeyay boqorkii.

"Kabtani waa cajiib," boqorkii ayaa ka helay, oo marba dhinac u rogay. "Haddii aan heli lahaa gabadha kabtani le'eg tahay, xaas ayaan heli lahaa." Boqorkii ayaa dumarkii gurigiisa joogay oo dhan ku yidhi isku eega kabtan, laakiin hal iinj ayay ka yaraatay xitaa tii ugu cagta yarayd. "Waa in aan baadho boqortooyada oo dhan," wuu ku ballan qaaday. Laakiin cag qudha may le'ekaanin.
"Waa in aan helo naagta kabtani le'eg tahay," boqorkii ayaa ku dhawaaqay. "Laakiin meeday?" Markii dambe ayaa fekradi ku soo dhacday.

In the morning, a young man strolled through the mist. The glitter of gold caught his eye. "What's this?" he gasped, picking up the shoe, "…something special." The man took the shoe to the neighbouring island, To'han, and presented it to the king.

"This slipper is exquisite," marvelled the king, turning it over in his hands. "If I can find the woman who fits such a shoe, I will have found a wife." The king ordered all the women in his household to try on the shoe, but it was an inch too small for even the smallest foot. "I'll search the whole kingdom," he vowed. But not one foot fitted. "I must find the woman who fits this shoe," the king declared. "But how?" At last an idea came to him.

Boqorkii iyo shaqaalihiisii ayaa kabtii waddada dhinaceeda dhigay. Markaasay meel ku dhuunteen oo sugeen bal in cidi soo doonato.

Markii gabadh yar oo liidataa qaadatay kabtii nimankii boqorka la socday waxay ku fekareen waa tuugo. Laakiin boqorku cagaheeda ayuu ku dheygagsanaa.

"Daba gala," ayuu hoos u yidhi.

"Fur immika!" nimankii boqorka ayaa garaacay albaabkii Yaay-sheen oo qayliyay. Boqorkii ayaa aqalkii meel walba baadhay, markaasuu helay Yaay-sheen. Waxaa gacanteeda ku jirtay kabtii dahabka ahayd.

"Fadlan," ayuu yidhi boqorkii, "gasho kabta."

The king and his servants placed the shoe by the wayside. Then they hid and watched to see if anyone would come to claim it.

When a ragged girl stole away with the shoe the king's men thought her a thief. But the king was staring at her feet.

"Follow her," he said quietly.

"Open up!" the king's men hollered as they hammered at Yeh-hsien's door. The king searched the innermost rooms, and found Yeh-hsien.

In her hand was the golden shoe.

"Please," said the king, "put it on."

Aayadeed iyo walaasheed ayaa afka kala qaaday oo daawaday Yaay-sheen oo gashay meeshii ay ku dhuuman jirtay. Waxay soo noqotay iyada oo xidhan diricii baalasha lahaa iyo labadii kabood ee dahabka ahaa. Waxay u qurux badnayd sidii dadka jannada ku nool. Markaasaa boqorkii aqoonsaday in uu helay jacaylkiisii.

Sidaas ayaa Yaay-sheen ku guursatay boqorkii. Waxaa la keenay tiriigyo iyo boodhadh iyo durbaano qaarkood bir yihiin oo cod kala duwan sameeyaan iyo cunto la arko tii ugu macaanayd. Dabbaaldeggii wuxuu socday toddobaad.

The stepmother and stepsister watched with mouths agape as Yeh-hsien went to her hiding place. She returned wearing her cloak of feathers and both her golden shoes. She was as beautiful as a heavenly being. And the king knew that he had found his love.

And so Yeh-hsien married the king. There were lanterns and banners, gongs and drums, and the most delicious delicacies.
The celebrations lasted for seven days.

Yaay-sheen iyo boqorkeedii waxay heleen wax kasta oo ay jeclaayeen. Habeen ayay lafihii kalluunka ku soo aaseen xeebta halkaas oo baddu ku soo caariday biyuna qaadeen.

Ruuxdii kalluunka ayaa la sii daayay, si ay biyaha badda ee dhalaalaya ugu dabbaalato.

Yeh-hsien and her king had everything they could possibly wish for. One night they buried the fish bones down by the sea-shore where they were washed away by the tide.

The spirit of the fish was free: to swim in sun-sparkled seas forever.